Zu Einschränkungen bei der Verwendung einiger anthropologischer Daten

John Wesley Powell

Writat

Diese Ausgabe erschien im Jahr 2023

ISBN: 9789358811445

Herausgegeben von
Writat
E-Mail: info@writat.com

Inhalt

ARCHÄOLOGIE.

Untersuchungen in dieser Abteilung sind von großem Interesse und haben eine Vielzahl von Arbeitnehmern auf diesem Gebiet angezogen; Aber ein allgemeiner Überblick über die Masse der veröffentlichten Materie zeigt die Tatsache, dass die Verwendung des Materials nicht immer sinnvoll war.

Anhand der Denkmäler der Antike, die in ganz Nordamerika zu finden sind, in Lager- und Dorfanlagen, Gräbern, Hügeln, Ruinen und verstreuten Kunstwerken, lassen sich der Ursprung und die Entwicklung der Kunst im Leben der Wilden und Barbaren zufriedenstellend untersuchen. Im Übrigen können auch Hinweise auf Bräuche entdeckt werden, aber darüber hinaus wurden die gemachten Entdeckungen oft unrechtmäßig genutzt, insbesondere zu dem Zweck, die Stämme Nordamerikas mit Völkern oder sogenannten Rassen der Antike in anderen Teilen des Landes in Verbindung zu bringen Welt. Ein kurzer Überblick über einige Schlussfolgerungen, die beim gegenwärtigen Stand der Wissenschaft akzeptiert werden müssen, wird die Sinnlosigkeit dieser Versuche zeigen.

Mittlerweile ist es eine erwiesene Tatsache, dass der Mensch bereits zu Beginn des Quartärs und vielleicht schon im Pliozän weit über die Erde verstreut war .

Wenn wir die Schlussfolgerung akzeptieren, dass es nur eine Spezies des Menschen gibt, wie Arten heute von Biologen definiert werden, können wir vernünftigerweise zu dem Schluss kommen, dass die Spezies von einem gemeinsamen Zentrum aus zerstreut wurde, da die Fähigkeit, den Kampf des Lebens in allen erfolgreich zu führen, erfolgt Gefilde gehören nur einem hochentwickelten Wesen; Diese ursprüngliche Heimat konnte jedoch noch nicht mit Sicherheit festgestellt werden, und wenn sie entdeckt wurden, können die Migrationslinien von dort nicht kartiert werden, bis die Veränderungen in der physischen Geographie der Erde von dieser frühen Zeit bis zur Gegenwart entdeckt wurden, und diese müssen geklärt werden rein geologische und paläontologische Beweise. Die Wanderungen der Menschheit aus dieser ursprünglichen Heimat können nicht intelligent diskutiert werden, bis diese Heimat entdeckt wurde und außerdem, bis die Geologie des Globus so gründlich bekannt ist, dass die verschiedenen Phasen seiner Geographie dargestellt werden können.

Die Zerstreuung des Menschen muss vor der Entwicklung aller außer den rohesten Künste stattgefunden haben. Seitdem hat die Erdoberfläche viele und wichtige Veränderungen erfahren. Alle bekannten Lager- und Dorfstandorte, Gräber, Hügel und Ruinen gehören zu dem Teil der geologischen Zeit, der als gegenwärtige Epoche bekannt ist, und liegen vollständig nach der Periode der ursprünglichen Ausbreitung, wie aus geologischen Beweisen hervorgeht.

Beim Studium dieser Altertümer gab es viele unnötige Spekulationen über die Beziehung zwischen den Menschen, deren Existenz sie bezeugen, und den Indianerstämmen, die das Land während der historischen Periode bewohnten.

Man kann sagen, dass in den Pueblos, die im südwestlichen Teil der Vereinigten Staaten und weiter südlich durch Mexiko und vielleicht bis nach Mittelamerika entdeckt wurden, Stämme bekannt sind, deren Kultur weitaus fortgeschrittener ist als die in den entdeckten Ruinen ausgestellten. In dieser Hinsicht besteht also keine Notwendigkeit, für die dort ausgestellte Kunst nach einem extra-limitierten Ursprung durch verlorene Stämme zu suchen.

In Bezug auf die so weit verstreuten Hügel zwischen den beiden Ozeanen kann man auch sagen, dass Hügelbaustämme bereits in der frühen Entdeckungsgeschichte dieses Kontinents bekannt waren und dass die entdeckten Überreste der Kunst die Künste in keiner Weise übertreffen der in der Geschichte bekannten Indianerstämme. Es gibt daher keinen Grund für uns, nach einem extra-limitierten Ursprung der in den Hügeln Nordamerikas entdeckten Künste durch verlorene Stämme zu suchen.

Die Rückführung des Ursprungs dieser Künste auf die Vorfahren bekannter Stämme oder Stammesbestände ist legitimer, weist jedoch Einschränkungen auf, die weitgehend außer Acht gelassen werden. Von den Stämmen, die im südlichen Teil Nordamerikas die höchste Kultur erreicht hatten, ist heute bekannt, dass sie mehreren verschiedenen Stämmen angehören, und wenn beispielsweise versucht wird, die Hügelbauer mit den Pueblo-Indianern in Verbindung zu bringen, nein Ein Ergebnis, das über Verwirrung hinausgeht, kann erreicht werden, bis der besondere Bestand dieser Dorfvölker bestimmt ist.

Auch hier geht aus der aufgezeichneten Geschichte des Landes hervor, dass mehrere unterschiedliche Stämme der heutigen Indianer Hügelbauer waren, und die große Ausdehnung und die große Anzahl der in den Vereinigten Staaten entdeckten Hügel sollten uns zumindest vermuten lassen, dass es sich um den Hügel handelte -Bauherren der Urzeit gehörten vielen und unterschiedlichen Schichten an. Angesichts der so aufgezeigten Einschränkungen ist die Identifizierung von Hügelbauvölkern als unterschiedliche Stämme oder Bestände eine legitime Studie, aber wenn wir die weitere jetzt festgestellte Tatsache berücksichtigen, dass Künste über die Grenzen sprachlicher Bestände hinausgehen, sind wir zu den grundlegendsten Unterteilungen überhaupt in der Lage Wenn wir die Völker der Erde betrachten, können wir eher zu dem Schluss kommen, dass dieses Feld nur eine dürftige Ernte verspricht; Aber der Ursprung und die

Entwicklung von Künsten und Industrien sind an sich schon ein umfangreiches und äußerst interessantes Forschungsthema, und wenn die nordamerikanische Archäologie mit diesem Ziel vor Augen betrieben wird, werden die Ergebnisse lehrreich sein.

BILDERSCHREIBEN.

Die Piktogramme Nordamerikas wurden auf verschiedenen Materialien hergestellt. Zu diesem Zweck wurden Baumrinde, Holztafeln, Tierhäute und Felsoberflächen verwendet; Der Großteil der uns erhaltenen Bilderschriften findet sich jedoch auf Felsoberflächen, da diese am beständigsten sind.

Vom Dighton Rock bis zu den Klippen, die den Pazifik überragen, sind diese Aufzeichnungen zu finden – auf Bowlern, die von den Wellen des Meeres geformt, von Flussfluten verstreut oder von Gletschereis poliert wurden; auf in Gräbern und Hügeln vergrabenen Steinen; auf Felswänden, die in Felsvorsprüngen neben den Bächen erscheinen; auf Canyonwänden und hoch aufragenden Klippen; auf Bergspitzen und Höhlendecken – überall dort, wo in Nordamerika glatte Felsoberflächen zu finden sind, sind Piktogramme zu erwarten. Da sie so weit verbreitet und zahlreich sind, ist es gut zu wissen, welchen Zwecken sie in der anthropologischen Wissenschaft dienen können.

Viele dieser Piktogramme sind einfach Bilder, grobe Radierungen oder Gemälde, die natürliche Objekte, insbesondere Tiere, darstellen und lediglich den Beginn der Bildkunst veranschaulichen; andere, wie wir wissen, waren dazu gedacht, an Ereignisse zu erinnern oder andere Ideen ihrer Autoren darzustellen; Diese dienten jedoch weitgehend lediglich als Gedächtnisstütze – sie vermittelten keine Vorstellungen von sich selbst, sondern dienten eher dazu, bestimmte Ereignisse oder Gedanken von Personen im Gedächtnis zu behalten, die bereits durch gängiges Hörensagen oder Überlieferung davon wussten. Wenn die Erinnerung an den zu bewahrenden Gedanken einmal aus dem Bewusstsein der Menschen verschwunden ist, ist die Aufzeichnung nicht mehr in der Lage, dem Verständnis ihren eigenen Gegenstand wiederherzustellen.

Auf diese Weise wird der große Bestand an Bildschriften beschrieben; Dennoch gibt es in geringem Umfang Piktogramme mit mehr oder weniger konventionellen Zeichen, und die Anzahl solcher Piktogramme ist in Mexiko und Mittelamerika recht groß. Doch selbst diese konventionellen Zeichen werden mit anderen, weniger konventionellen in einer Weise verwendet, dass perfekte Aufzeichnungen nie entstanden sind.

Daraus wird ersichtlich, dass es unzulässig ist, Bildmaterial aus einem Datum vor der Entdeckung des Kontinents durch Kolumbus für historische Zwecke zu verwenden; aber es hat einen berechtigten Nutzen von tiefem Interesse, da diese Piktogramme den Beginn der Schriftsprache und den Beginn der Bildkunst darstellen, jedoch undifferenziert; und wenn die Gelehrten Amerikas die riesige Menge dieses überall verstreuten Materials – in den Tälern und an den Berghängen – sammeln und studieren, könnte daraus eines der interessantesten Kapitel in der frühen Geschichte der Menschheit geschrieben werden.

GESCHICHTE, Bräuche und ethnische Merkmale.

Als Amerika von den Europäern entdeckt wurde, wurde es von einer großen Anzahl unterschiedlicher Stämme mit unterschiedlichen Sprachen, Institutionen und Bräuchen bewohnt. Diese Tatsache wurde nie vollständig anerkannt, und Autoren haben zu oft von den nordamerikanischen Indianern als einer Gruppe gesprochen, in der Annahme, dass Aussagen über einen Stamm für alle gelten würden. Dieser grundlegende Fehler in der Behandlung des Themas hat zu großer Verwirrung geführt.

Auch hier hat der rasche Fortschritt bei der Besiedlung und Besetzung des Landes zu einer allmählichen Vertreibung der Indianerstämme geführt, so dass sehr viele aus ihren alten Heimatorten vertrieben wurden, einige von ihnen wurden anderen Stämmen einverleibt, andere sogar in den Körper zivilisierter Menschen aufgenommen.

Die Namen, mit denen Stämme bezeichnet wurden, waren selten Namen, die von ihnen selbst verwendet wurden, und derselbe Stamm wurde in verschiedenen Perioden seiner Geschichte oft mit unterschiedlichen Namen und im gleichen Zeitraum seiner Geschichte von Kolonien unterschiedlicher Völker mit unterschiedlichen Namen bezeichnet geografische Beziehungen zu ihnen. Oft wurden auch verschiedene Stämme mit demselben Namen bezeichnet. Ohne auf eine Erklärung der Ursachen einzugehen, die zu diesem Zustand der Dinge geführt haben, muss lediglich behauptet werden, dass dies zu großer Verwirrung in der Nomenklatur geführt hat. Deshalb muss der Student der indianischen Geschichte ständig auf der Hut sein, wenn er die Aussagen eines Autors akzeptiert, der sich auf einen Indianerstamm bezieht.

Man wird sehen, dass die Verfolgung eines Indianerstammes durch postkolumbianische Zeiten eine nicht geringe Schwierigkeit darstellt. Dennoch ist dieser Teil der Geschichte von Bedeutung, und die Gelehrten Amerikas haben ein großartiges Werk vor sich.

Drei Jahrhunderte enger Kontakt mit einer zivilisierten Rasse hatten keinen geringen Einfluss auf den makellosen Zustand dieser wilden und barbarischen Stämme. Der schnellste und radikalste Wandel vollzog sich im Kunst-, Industrie- und Zierbereich. Ein Stahlmesser war offensichtlich besser als ein Steinmesser; Schusswaffen als Pfeil und Bogen; und Textilstoffe aus den Webstühlen zivilisierter Menschen erweisen sich sofort als schöner und nützlicher als die rohen Stoffe und unbekleideten Häute, mit denen sich die Indianer damals bekleideten.

Bräuche und Institutionen veränderten sich weniger schnell. Diese wurden jedoch stark verändert. Nachahmung und energischer Propagandismus waren mehr oder weniger wirksame Ursachen. Migrationen und erzwungene Umsiedlungen brachten die Stämme in eine seltsame Umgebung, in der neue Bräuche und Institutionen notwendig waren, und in dieser Situation hatte die Zivilisation einen größeren Einfluss, und die Besetzung durch weiße Männer auf dem Territorium der Vereinigten Staaten hat zumindest Fortschritte gemacht In einem solchen Stadium haben Wildheit und Barbarei keinen Platz mehr für ihre Existenz, und sogar Bräuche und Institutionen müssen in kurzer Zeit völlig verändert werden, und was wir über diese Menschen noch lernen müssen, muss jetzt gelernt werden.

Bei der Durchführung dieser Studien muss jedoch mit größter Vorsicht zwischen dem Primitiven und dem unterschieden werden, was der zivilisierte Mensch durch die verschiedenen Akkulturationsprozesse erworben hat.

URSPRUNG DES MENSCHEN.

Arbeitende Naturforscher postulieren die Evolution. Die zoologische Forschung konzentriert sich weitgehend auf die Entdeckung der genetischen Verwandtschaftsbeziehungen von Tieren. Die Entwicklung des Tierreichs erfolgt in vielfältigen Bahnen und durch unterschiedliche Spezialisierungen. Die besondere Linie, die den Menschen über lange Abfolgen von Zwischenformen mit den niedrigsten Formen verbindet, ist ein Problem von großem Interesse. Diese spezielle Untersuchung muss sich hauptsächlich mit Strukturbeziehungen befassen. Aus den vielen bereits aufgezeichneten Tatsachen ist es wahrscheinlich, dass viele getrennte Teile dieser Linie gezogen werden können, und eine solche Konstruktion erfüllt, auch wenn sie tatsächlich nicht in allen Teilen korrekt ist, dennoch einen wertvollen Zweck bei der Organisation und Leitung der Forschung.

Die Wahrheit oder der Irrtum einer solchen hypothetischen Genealogie beeinträchtigt in keiner Weise die Gültigkeit der Evolutionslehren in den Köpfen der Wissenschaftler, aber andererseits wird der Wert der vorläufigen Theorie unter den Gesetzen der Evolution endgültig beurteilt.

Es wäre vergeblich zu behaupten, dass der Verlauf der zoologischen Entwicklung vollständig verstanden oder alle ihre wichtigsten Faktoren bekannt seien. Die Entdeckung von Fakten und Zusammenhängen, die sich an den Lehren der Evolution orientieren, reagiert also auf diese Lehren, indem sie sie bestätigt, modifiziert und erweitert. Während die Lehren den Weg zu neuen Entdeckungsfeldern weisen, führen die neuen Entdeckungen wiederum zu neuen Lehren. Erhöhtes Wissen erweitert die Philosophie; Eine breitere Philosophie erhöht das Wissen.

Es ist die Prüfung wahrer Philosophie, dass sie zur Entdeckung von Tatsachen führt, und Tatsachen selbst können nur als solche erkannt werden; Das heißt, sie können nur dann richtig erkannt und unterschieden werden, wenn sie an ihren Platz in der Philosophie verbannt werden. Der gesamte Fortschritt der Wissenschaft hängt in erster Linie von dieser Beziehung zwischen Wissen und Philosophie ab.

In der früheren Geschichte der Menschheit war die Philosophie das Produkt subjektiven Denkens, das zu Mythologien und Metaphysik führte. Als sich herausstellte, dass die gesamte Struktur der Philosophie jeder Grundlage entbehrte, wurde eine neue Vorgehensweise empfohlen – die Baconsche Methode. Die Wahrnehmung muss der Reflexion vorausgehen; Die Beobachtung muss der Vernunft vorausgehen. Auch dies war ein Fehlschlag. Die früheren gaben Spekulationen an; Letztere enthalten eine Menge inkohärenter Tatsachen und Unwahrheiten. Der Fehler in der früheren Philosophie lag nicht in der Reihenfolge des Verfahrens zwischen

Wahrnehmung und Reflexion, sondern in der Methode, die subjektiv statt objektiv war. Die Argumentationsmethode in der wissenschaftlichen Philosophie ist rein objektiv; Die Argumentationsmethode in der Mythologie und Metaphysik ist subjektiv.

Der Unterschied zwischen dem Menschen und den ihm strukturell am nächsten verwandten Tieren ist groß. Die Verbindungsformen sind nicht mehr vorhanden. Dieser Forschungsgegenstand ist daher eher den Paläontologen als den Ethnologen vorbehalten. Die biologischen Tatsachen sind in den geologischen Aufzeichnungen enthalten, und diese Aufzeichnungen haben bis heute nur wenig Material geliefert, das zu ihrer Lösung beitragen könnte.

Es ist bekannt, dass der Mensch, der sich in seinen morphologischen Merkmalen stark von niederen Tieren unterschied, im frühen Quartär und möglicherweise im Pliozän existierte, und hier endet die Entdeckung.

SPRACHE.

In der Philologie stellt Nordamerika das reichste Gebiet der Welt dar, denn hier findet man die größte Anzahl von Sprachen, die auf die größte Anzahl von Sprachen verteilt sind. Da der Fortschritt der Forschung notwendigerweise vom Bekannten zum Unbekannten verläuft, wurden zivilisierte Sprachen von Gelehrten vor den Sprachen wilder und barbarischer Stämme studiert. Auch hier sind die höheren Sprachen geschrieben und somit sofort zugänglich. Aus diesen Gründen wurde das Hauptaugenmerk auf die am weitesten entwickelten Sprachen gelegt. Die dem Philologen in den höheren Sprachen gestellten Probleme können ohne Kenntnis der niederen Formen nicht richtig gelöst werden. Der Linguist studiert eine Sprache, um sie als Instrument für den Gedankenaustausch zu nutzen; Der Philologe studiert eine Sprache, um ihre Daten für die Konstruktion einer Sprachphilosophie zu nutzen. In diesem letzteren Sinne sind die höheren Sprachen unbekannt, bis die niedrigeren Sprachen studiert werden, und es ist wahrscheinlich, dass durch das Studium der letzteren mehr Licht auf die ersteren geworfen wird als durch eine ausführlichere Forschung in den höheren Sprachen.

Das weite Feld der ungeschriebenen Sprachen wurde erforscht, aber nicht untersucht. Im Allgemeinen ist bekannt, dass es viele solcher Sprachen gibt, und die geografische Verteilung der Menschenstämme, die sie sprechen, ist bekannt, aber die Gelehrten haben gerade erst mit dem Studium der Sprachen begonnen.

Dass die Kenntnis des Einfachen und Unzusammengesetzten der Kenntnis des Komplexen und Zusammengesetzten vorausgehen muss, damit Letzteres richtig erklärt werden kann, ist ein in der Biologie wohlbekanntes Axiom und gilt ebenso gut für die Philologie. Daher wird jedes System der Philologie, wie der Begriff hier verwendet wird und das ausschließlich auf einer Übersicht über die höheren Sprachen basiert, wahrscheinlich ein Misserfolg sein. „Wer von euch kann durch Nachdenken eine Elle zu seiner Größe hinzufügen", und wer von euch kann durch Nachdenken die Vorläuferphänomene hinzufügen, die für eine Erklärung der Sprache von Platon oder Spencer notwendig sind?

Das Studium der Astronomie, Geologie, Physik und Biologie liegt in den Händen von Wissenschaftlern; Es werden objektive Forschungsmethoden eingesetzt und metaphysische Abhandlungen finden in den anerkannten Philosophien keinen Platz. aber die Philologie bleibt weitgehend in den Händen der Metaphysiker, und zur Erklärung der beobachteten Phänomene werden subjektive Denkmethoden herangezogen. Wenn die Philologie eine Wissenschaft sein soll, muss sie über eine objektive Philosophie verfügen, die aus einer homologischen Klassifizierung und geordneten Anordnung der Phänomene der Sprachen der Welt besteht.

Die philologische Forschung begann mit dem klaren Ziel, in der Sprachvielfalt der Völker der Erde ein gemeinsames Element zu entdecken, von dem sie alle abstammen sollten, eine ursprüngliche Sprache, die Mutter aller Sprachen. Hierin hatten Philologen einst große Hoffnungen auf Erfolg , bestärkt durch die Entdeckung der Beziehungen zwischen den verschiedenen Zweigen des arischen Stammes, aber gerade in dieser Arbeit wurden Forschungsmethoden entwickelt und Lehren aufgestellt, mit denen unerwartete Ergebnisse erzielt wurden.

Anstatt die zuvor nicht klassifizierten Sprachen der arischen Familie zuzuordnen, wurden neue Familien oder Bestände entdeckt, und dieser Prozess wurde von Jahr zu Jahr fortgesetzt, bis Dutzende oder sogar Hunderte von Familien erkannt wurden und wir vernünftigerweise Schlussfolgerungen ziehen konnten dass es keine einzige primitive Sprache gab, die der Menschheit gemeinsam war, sondern dass sich der Mensch vor der Entwicklung organisierter Sprachen vervielfacht und auf der bewohnbaren Erde verbreitet hatte; das heißt, Sprachen sind nach der Zerstreuung der Menschheit aus unzähligen Quellen entstanden.

Der Fortschritt in der Sprache erfolgte nicht durch Multiplikation, was unter den mittlerweile allgemein anerkannten Gesetzen der Evolution nur einen Fortschritt in der Verschlechterung bedeuten würde; aber es vollzog sich in der Integration von einer riesigen Vielheit hin zu einer Einheit. Es ist wahr, dass die gesamte Entwicklung nicht in diese Richtung verlief. Oft kam es zu einer Degradierung, wie sie sich in der Vielfalt der Sprachen und Dialekte desselben Sprachstamms zeigte, aber die Evolution war im Großen und Ganzen Integration durch Fortschritt hin zur Einheit der Sprache und Differenzierung (die immer von Multiplikation unterschieden werden muss) durch Spezialisierung der Sprache grammatischer Prozess und die Entwicklung der Wortarten.

Wenn ein einst homogenes Volk geografisch so getrennt wird, dass eine gründliche Kommunikation untereinander nicht mehr gewährleistet ist, agieren alle Agenturen, durch die sich die Sprachen ändern, in den verschiedenen Gemeinschaften getrennt und bewirken dort unterschiedliche Veränderungen, und es entstehen Dialekte. Wenn die Trennung anhält, werden solche Dialekte zu unterschiedlichen Sprachen in dem Sinne, dass die Menschen einer Gemeinschaft nicht in der Lage sind, die Menschen einer anderen zu verstehen. Aber eine solche Entwicklung der Sprachen ist keine Differenzierung in dem Sinne, in dem dieser Begriff hier verwendet wird und in der Biologie oft verwendet wird, sondern ist analog zur Multiplikation, wie sie in der Biologie verstanden wird. Die Differenzierung eines Organs ist seine Entwicklung für einen besonderen Zweck, *d . e.* Die organische Spezialisierung geht mit der funktionalen Spezialisierung einher. Mit der Differenzierung der Pfoten in Hände und Füße geht mit der Differenzierung der Organe auch eine Differenzierung der Funktionen einher.

Wenn aus einer Sprache zwei werden, wird von jeder die gleiche Funktion ausgeführt und ist durch das grundlegende Merkmal der Multiplikation gekennzeichnet, *d . h . e.* , Degradierung; denn die Menschen, die ursprünglich in der Lage waren, miteinander zu kommunizieren, können nicht mehr auf diese Weise kommunizieren; so dass zwei Sprachen keinen so wertvollen Zweck erfüllen wie eine. Und außerdem hat keine der beiden Sprachen den Fortschritt gemacht, den sie gemacht hätte, denn eine wäre ausreichend entwickelt gewesen, um allen Zwecken der vereinten Völker in dem von ihnen bewohnten größeren Gebiet und, *cœteris paribus*, der gesprochenen *Sprache zu* dienen von vielen Menschen, die über ein großes Gebiet verstreut sind, muss besser sein als die Sprache, die von einigen wenigen Menschen gesprochen wird, die in einem kleinen Gebiet leben.

Es wäre in der Tat seltsam gewesen, wenn die primitive Annahme der Philologie wahr gewesen wäre und die Geschichte der Sprache einen allgemeinen Verfall gezeigt hätte.

In den Bemerkungen über den „Ursprung des Menschen" wurde festgestellt, dass die Menschheit in einer geologischen Zeit vor der Gegenwart und vor der Entwicklung anderer als der rohesten Künste über die bewohnbare Erde verteilt war. Auch hier kommen wir zu dem Schluss, dass der Mensch schon vor der Entwicklung der organisierten Sprache über die ganze Erde verteilt war.

Angesichts dieser beiden großen Tatsachen wird die Schwierigkeit deutlich, die genetische Verwandtschaft zwischen menschlichen Rassen anhand von Künsten, Bräuchen, Institutionen und Traditionen zu verfolgen, denn all diese müssen sich nach der Zerstreuung der Menschheit entwickelt haben. Analogien und Homologien in diesen Phänomenen müssen auf andere Weise erklärt werden. Die Somatologie beweist die Einheit der menschlichen Spezies; das heißt, die Beweise, auf deren Grundlage diese Schlussfolgerung gezogen wird, sind morphologischer Natur; aber in Künsten, Bräuchen, Institutionen und Traditionen finden sich zahlreiche bestätigende Beweise. Obwohl die Individuen einer Art in unterschiedlichen Gegenden leben, unterschiedliche Sprachen sprechen und in unterschiedlichen Gemeinschaften organisiert sind, haben sie sich im Großen und Ganzen auf den gleichen Stufen weiterentwickelt und hatten die gleichen Künste, Bräuche, Institutionen und Traditionen in der gleichen Reihenfolge. Sie ist nur durch den Grad des Fortschritts begrenzt, den die verschiedenen

Stämme erreicht haben, und wird nur in begrenztem Maße durch Veränderungen in der Umgebung verändert.

Wenn eine ethnische Einteilung der Menschheit grundlegender sein soll als die auf der Sprache basierende, muss sie auf physischen Merkmalen beruhen, und diese müssen durch tiefgreifende Differenzierung vor der Entwicklung von Sprachen, Künsten, Bräuchen, Institutionen und Traditionen erworben worden sein. Die bisher auf dieser Grundlage vorgenommenen Klassifizierungen sind unbefriedigend und finden keine breite Akzeptanz mehr. Vielleicht werden weitere Untersuchungen zweifelhafte Fragen klären und eine akzeptable Gruppierung ergeben; Oder es kann sein, dass eine solche Forschung nur dazu führt, dass die Sinnlosigkeit der Bemühungen deutlich wird.

Die Geschichte der Menschheit, vom niedrigsten Stammesstand bis zur höchsten nationalen Organisation, war eine Geschichte ständiger und vielfältiger Vermischung verschiedener Blutlinien; der Vermischung, Absorption und Zerstörung von Sprachen mit allgemeinem Fortschritt in Richtung Einheit; der Verbreitung von Künsten durch verschiedene Akkulturationsprozesse; und der Vermischung und gegenseitigen Verbreitung von Bräuchen, Institutionen und Traditionen. Künste, Bräuche, Institutionen und Traditionen reichen über die Grenzen der Sprachen hinaus und dienen dazu, diese zu verschleiern, und die Beimischung von Blutslinien hat primitive ethnische Spaltungen, sofern solche existierten, verschleiert.

Wenn die physikalische Klassifizierung fehlschlägt, bleibt als grundlegendste Gruppierung die auf der Sprache basierende; aber aus den bereits erwähnten und anderen ähnlichen Gründen ist die Klassifizierung der Sprachen nicht in vollem Umfang eine Klassifizierung der Völker.

Es kann sein, dass die Einheit der Menschheit eine so tiefe Tatsache ist, dass alle Versuche einer grundlegenden Klassifizierung, die in allen Bereichen der Anthropologie verwendet werden soll, scheitern werden und dass es vielfältige Gruppierungen für die vielfältigen Zwecke der Wissenschaft bleiben wird; oder anders ausgedrückt, dass Sprachen, Künste, Bräuche, Institutionen und Traditionen klassifiziert werden können und dass die menschliche Familie als eine Rasse betrachtet wird.

MYTHOLOGIE.

Auch hier bietet Amerika dem wissenschaftlichen Entdecker ein reichhaltiges Feld. Es ist mittlerweile bekannt, dass jeder Sprachstamm eine eigene Mythologie hat, und da es in einigen dieser Stämme viele Sprachen gibt, die sich mehr oder weniger stark unterscheiden, gibt es auch viele ähnlich unterschiedliche Mythologien.

Wie in der Sprache, so ist auch in der Mythologie die Forschung vom Bekannten zum Unbekannten übergegangen – von den höheren zu den niederen Mythologien. In jedem Schritt der Meinungsentwicklung zu diesem Thema kann ein besonderes Phänomen beobachtet werden. Wenn jeder niedrigere Status der Mythologie entdeckt wird, wird davon ausgegangen, dass er dem Ursprung nach der erste ist, die ursprüngliche Mythologie, und alle niedrigeren, aber unvollständig verstandenen Mythologien werden als Herabwürdigungen dieses angenommenen ursprünglichen Glaubens interpretiert; so wurde der Polytheismus als eine Entartung des Monotheismus interpretiert; Naturverehrung, vom Psychotheismus ; Zoolotrie , aus der Ahnenverehrung; und der Reihe nach wurde der Monotheismus als die ursprüngliche Mythologie angesehen, dann der Polytheismus, dann der Physiotheismus oder die Naturverehrung, dann die Ahnenverehrung.

Bei einer großen Zahl von Mythologen wird die Naturverehrung heute als die Urreligion akzeptiert; und bei einer anderen, ebenso respektablen Körperschaft ist die Ahnenverehrung von grundlegender Bedeutung. Aber Naturverehrung und Ahnenverehrung sind gleichzeitige Teile derselben Religion und gehören zu einem Kulturstand, der weit fortgeschritten ist und durch die Erfindung konventioneller Piktogramme gekennzeichnet ist. In Nordamerika gibt es Dutzende oder sogar Hunderte von Mythologiesystemen, die alle einer niedrigeren Kulturstufe angehören.

Hoffen wir, dass amerikanische Studenten nicht in diesen Irrtum verfallen, indem sie annehmen, dass der Zoötheismus die unterste Stufe sei, denn dies ist der Status der auf dem Kontinent am weitesten verbreiteten Mythologie.

Mythologie ist primitive Philosophie. Eine Mythologie – das heißt die Gesamtheit der Mythen, die unter allen Menschen verbreitet sind und an die sie glauben – umfasst ein System von Erklärungen aller Phänomene des Universums, die sie wahrnehmen; aber solche Erklärungen sind immer mit viel Fremdmaterial vermischt, hauptsächlich mit Vorfällen in der Geschichte der Persönlichkeiten, die die Helden mythologischer Taten waren.

Jede Mythologie hat als Grundlage eine Theologie – ein System von Göttern, die die Akteure sind und denen die zu erklärenden Phänomene zugeschrieben werden – denn das grundlegende Postulat in der Mythologie lautet: „Jemand tut es", und das ist das wesentliche Merkmal des Subjektiven Argumentation. Wenn Menschen von einer Kulturstufe zur nächsten übergehen, erfolgt der Wandel durch die Entwicklung einer neuen Soziologie mit all ihren Institutionen, durch die Entwicklung neuer Künste, durch die Evolution der Sprache und, in nicht geringerem Maße, durch einen Wandel in der Philosophie ; aber die alte Philosophie wird nicht ersetzt. Die Veränderung erfolgt durch internes Wachstum und externen Zuwachs.

Fragmente des Älteren finden sich im Neueren. Dieses ältere Material der neueren Philosophie wird von vielen Gelehrten oft für seltsame Zwecke verwendet. Eine solche Verwendung möchte ich hier erwähnen. Die aus dem früheren Zustand erhaltene Nomenklatur soll zutiefst und okkult symbolisch sein und die mythischen Erzählungen sollen zutiefst und okkult allegorisch sein. Auf diese Weise wird nach einer zutiefst metaphysischen Kosmogonie gesucht; Es wird nach einem alten Anfang der Mythologie gesucht, in der Mysterium Weisheit und Weisheit Mysterium ist.

Die objektive oder wissenschaftliche Methode zum Studium einer Mythologie besteht darin, ihre Phänomene einfach so zu sammeln und zusammenzustellen, wie sie von den Menschen, zu denen sie gehört, dargelegt und verstanden werden. Wenn der Schüler die Fäden seiner historischen Entwicklung zurückverfolgt , sollte er damit rechnen, dass er es in jeder Phase seines Fortschritts einfacher und kindlicher findet.

Philosophien zu suchen , damit sie richtig verglichen werden können und die Produkte des menschlichen Geistes in seinen verschiedenen Kulturstufen erkannt werden können; wichtig für die Rekonstruktion der Geschichte der Philosophie; und wichtig für die Bereitstellung notwendiger Daten für die Psychologie. Keine Arbeit kann fruchtloser sein als die Suche in der Mythologie nach wahrer Philosophie; und die Bemühungen, aus der Terminologie und den Erzählungen der Mythologien eine okkulte Symbolik und ein Allegoriensystem aufzubauen, dienen lediglich der Schaffung eines neuen und fiktiven Korpus der Mythologie.

Es gibt einen Symbolismus, der der Sprache innewohnt und in jeder Philosophie zu finden ist, ob wahr oder falsch, und dieser Symbolismus wurde in der frühen Geschichte der Zivilisation als okkulte Kunst gepflegt, als sich das Bilderschreiben zum konventionellen Schreiben entwickelte, und Symbolismus ist ein interessantes Studienfach. aber es wurde zu einem Lasttier gemacht, eine Menge metaphysischen Unsinns zu tragen.

SOZIOLOGIE.

Auch hier stellt Nordamerika für den Forscher ein weites und interessantes Feld dar, da es in seinem Gebiet viele verschiedene Regierungen hat und diese Regierungen, soweit Untersuchungen durchgeführt wurden, zu einem Typus gehören, der primitiver ist als alle Feudalherrschaften aus dem die zivilisierten Nationen der Erde hervorgingen, wie die gleichzeitig aufgezeichnete Geschichte zeigt.

Dennoch wurden in dieser Geschichte viele Fakten entdeckt, die darauf hindeuten, dass die Feudalherrschaften selbst ihren Ursprung in etwas Primitiverem hatten. Beim Studium der Stämme der Welt wurde eine Vielzahl soziologischer Institutionen und Bräuche entdeckt, und bei der Betrachtung der Geschichte der Feudalherrschaften zeigt sich, dass viele ihrer wichtigen Elemente Überbleibsel der Stammesgesellschaft sind.

Diese Entdeckungen sind so wichtig, dass die gesamte Menschheitsgeschichte neu geschrieben und die gesamte Geschichtsphilosophie rekonstruiert werden muss. Regierung beginnt nicht mit dem Aufstieg von Häuptlingen durch Kriegstüchtigkeit, sondern mit der langsamen Spezialisierung von Exekutivfunktionen durch kommunale Vereinigungen, die auf Verwandtschaft basieren. Beratende Versammlungen beginnen nicht in von Häuptlingen einberufenen Räten, sondern Räte gehen den Häuptlingstümern voraus. Recht beginnt nicht im Vertrag, sondern ist die Entwicklung von Gewohnheiten. Der Landbesitz beginnt nicht mit Schenkungen des Monarchen oder des Feudalherrn, sondern ein System des gemeinsamen Besitzes von Gentes oder Stämmen wird zu einem System des Besitzes von mehreren Personen entwickelt. Die Entwicklung der Gesellschaft verlief nicht von Militanz zum Industrialismus, sondern von einer auf Verwandtschaft basierenden Organisation zu einer auf Eigentum basierenden Organisation, und neben den Spezialisierungen der Friedensindustrien wurden auch die Kriegskünste spezialisiert.

So werden nach und nach die Theorien metaphysischer Soziologieautoren über den Haufen geworfen, und an ihre Stelle treten die Tatsachen der Geschichte, und die Geschichtsphilosophie wird auf der Grundlage von Materialien aufgebaut, die sich durch objektive Studien der Menschheit angesammelt haben

PSYCHOLOGIE.

Die Psychologie lag bisher hauptsächlich in den Händen subjektiver Philosophen und ist der letzte Zweig der Anthropologie, der mit wissenschaftlichen Methoden behandelt wird. In den letzten Jahren wurden jedoch verschiedene wichtige Arbeiten durchgeführt, um diesem Zweig der Philosophie eine Grundlage objektiver Tatsachen zu geben. Insbesondere das Organ des Geistes wurde untersucht und die geistigen Funktionen von Tieren mit denen von Menschen verglichen, und auf verschiedene andere Weise erhält das Thema wissenschaftliche Aufmerksamkeit.

Die im Aufbau befindliche neue Psychologie wird eine dreifache Grundlage haben: Eine physikalische Grundlage auf Phänomenen, die vom Organ des Geistes präsentiert werden, wie sie beim Menschen und den niederen Tieren gezeigt werden; eine sprachliche Grundlage, wie sie in den Phänomenen der Sprache dargestellt wird, die das Instrument des Geistes ist; eine funktionale Basis, wie sie in den Operationen des Geistes zum Ausdruck kommt.

Die Phänomene der dritten Klasse können in drei Unterklassen eingeteilt werden. Erstens die geistigen Funktionen, die sich bei Individuen in verschiedenen Wachstumsstadien, verschiedenen Kulturgraden und in verschiedenen normalen und abnormalen Zuständen zeigen; zweitens die Funktionsweise des Geistes, wie sie in Technologie, Kunst und Industrie zum Ausdruck kommt; drittens die Funktionsweisen des Geistes, wie sie in der Philosophie dargestellt werden; und dies sind die Erklärungen der Phänomene des Universums. Auf einer solchen Grundlage muss eine wissenschaftliche Psychologie aufgebaut werden.

Mit der Entdeckung von Studienmethoden eröffnet sich dem amerikanischen Gelehrten ein weites Feld. Wie zu allen Zeiten in der Geschichte der Zivilisation gab es auch heute keinen Mangel an Interesse an diesem Thema und keinen Mangel an spekulativen Autoren. aber es besteht ein großer Mangel an ausgebildeten Beobachtern und scharfsinnigen Ermittlern.

Wenn wir die Masse an wertlosem Material, das veröffentlicht wurde, beiseite legen und nur das Material betrachten, das von den sorgfältigsten Autoren verwendet wurde, stellen wir überall fest, dass die Schlussfolgerungen durch eine Vielzahl von Tatsachenfehlern beeinträchtigt sind, die noch so einfach sind . Gestern habe ich einen Artikel über das „Wachstum der Skulptur" von Grant Allen gelesen, der bezaubernd war; dennoch habe ich darin diese Aussage gefunden:

Soweit ich weiß, sind die Polynesier und viele andere Wilde nicht über das oben beschriebene Stadium der Vollgesichtsporträtierung von Menschen hinausgekommen. Als nächstes kommt das Zeichnen eines Profils, wie wir es bei den Eskimos und den Buschmännern finden. Unsere eigenen Kinder erreichen bald diese Ebene, die eine Stufe höher ist als die des vollständigen Gesichts, da sie einen besonderen Blickwinkel impliziert, die Hälfte der Gesichtszüge unterdrückt und nicht schematisch oder symbolisch für alle einzelnen Teile ist. Neger und nordamerikanische Indianer können das Profil nicht verstehen; Sie fragen, was aus dem anderen Auge geworden ist.

beliebten Tatsache geworden zu sein scheint.

Wenn wir uns Catlins „ *Briefe und Notizen über die Sitten, Bräuche und den Zustand der nordamerikanischen Indianer"* (Band 2, Seite 2) zuwenden, sagen wir:

Nachdem ich diese und viele weitere, deren Namen ich derzeit nicht nennen kann, gemalt hatte, malte ich das Porträt eines berühmten Sioux-Kriegers namens Mah-to-chee-ga (der kleine Bär) , der es war Leider wurde er wenige Augenblicke nach der Aufnahme des Bildes von einem Angehörigen seines eigenen Stammes getötet; und was mich beinahe das Leben gekostet hätte, weil ich eine Seitenansicht seines Gesichts gemalt und eine Hälfte davon ausgelassen hatte, was die Ursache für den Streit gewesen war; und, wie der ganze Stamm annimmt, von mir absichtlich weggelassen worden sein, weil es „zu nichts nütze" sei. Dies war das letzte Bild, das ich unter den Sioux gemalt habe, und zweifellos das letzte, das ich jemals an diesem Ort malen werde. Die Aufregung darüber war so gewaltig und beunruhigend, dass meine Pinsel sofort weggeräumt wurden und ich mich am nächsten Tag mit dem Dampfer zu den Quellen des Missouri begab und froh war, untergewichtet zu werden .

Anschließend verarbeitet Herr Catlin diesen Vorfall in der „Story of the Dog" (Bd. 2, Seite 188 *ff.*).

Nun, was auch immer an Wahrheit oder Phantasie in dieser Geschichte enthalten sein mag, sie kann nicht als Beweis dafür herangezogen werden, dass die Indianer Profilbilder nicht verstehen oder interpretieren konnten, denn Mr. Catlin selbst gibt mehrere Tafeln mit indischen Piktogrammen, auf denen Profilgesichter abgebildet sind. In meinem Piktogrammkabinett habe ich Hunderte von Seitenansichten von Indianern desselben Stammes, von dem Herr Catlin sprach.

Es sollte nie vergessen werden, dass Berichte von Reisenden und anderen Personen, die schreiben, um gute Geschichten zu schreiben, mit größter Vorsicht verwendet werden müssen. Catlin ist nur einer von Tausenden, die nur von Personen mit Sicherheit verwendet werden können, die mit dem Thema so gründlich vertraut sind, dass sie in der Lage sind, tatsächlich beobachtete Tatsachen von Fantasieschöpfungen zu unterscheiden. Aber Herr Catlin darf nicht für unlogische Schlussfolgerungen, auch nicht aus seinen Fakten, verantwortlich gemacht werden. Ich weiß nicht, wie Herr Allen zu seiner Schlussfolgerung kam, aber ich weiß, dass Piktogramme im Profil bei sehr vielen, wenn nicht allen Stämmen Nordamerikas zu finden sind.

Nun zu einem weiteren Beispiel. Peschel sagt in „*The Races of Man*" (Seite 151):

In der transatlantischen Geschichte Spaniens gibt es keinen Fall, der in seiner Ungerechtigkeit mit der Tat der Portugiesen in Brasilien vergleichbar wäre, die die Kleidung von Scharlach- oder Pockenkranken in den Jagdgründen der Eingeborenen deponierten, um die Pest unter ihnen zu verbreiten; und von den Nordamerikanern, die Strychnin verwendeten, um die Brunnen zu vergiften, die die Indianer in den Wüsten von Utah aufzusuchen pflegten; von den Frauen australischer Siedler, die in Zeiten der Hungersnot Arsen mit der Mahlzeit mischten, die sie hungernden Eingeborenen gaben.

In einer Fußnote auf derselben Seite wird Burton als Autorität für die Aussage genannt, dass das Volk der Vereinigten Staaten die Brunnen der Rothäute vergiftet habe.

In Bezug auf Burton finden wir in „*The City of the Saints*" (Seite 474) die folgenden Worte:

Die Yuta behaupten, wie die Shoshonee , von einem alten Volk abzustammen, das aus dem Nordwesten in ihre heutigen Sitze eingewandert sei. In den letzten dreißig Jahren seien sie den Bergsteigern zufolge erheblich zurückgegangen und durch die Auswanderer geistig und körperlich demoralisiert worden. Früher waren sie freundlich, heute führen sie oft Krieg gegen die Eindringlinge. Wie in Australien ist die Zahl der Arsen- und ätzenden Sublimate in Quellen und Vorräten zurückgegangen.

Warum hat Burton nun diese Aussage gemacht? Im selben Band beschreibt er das Mountain Meadow-Massaker und gibt die Geschichte so wieder, wie sie von den Schauspielern darin erzählt wird. Es ist bekannt, dass die Männer, die in diese Angelegenheit verwickelt waren, sich zu schützen versuchten, indem sie fleißig veröffentlichten, es handele sich um ein Massaker von Indianern, die über die Reisenden erzürnt waren, weil diese bestimmte Quellen vergiftet hatten, aus denen die Indianer ihre Wasservorräte zu beziehen pflegten. Als Mr. Burton in Salt Lake City war , hörte er zweifellos diese Geschichten.

So sind die Unwahrheiten eines Mörders, dem gesagt wurde, er solle sein Verbrechen verbergen, als Tatsachen in die Geschichte eingegangen, die charakteristisch für die Behandlung der Indianer durch das Volk der

Vereinigten Staaten sind. In dem von Burton zitierten Absatz treten einige andere Fehler auf. Die Utes und Shoshoni behaupten nicht, von einem alten Volk abzustammen, das aus dem Nordwesten in ihre heutigen Sitze eingewandert war. Die meisten dieser Stämme, vielleicht alle, haben Mythen über ihre Entstehung in den Regionen, in denen sie heute leben.

Auch diese Indianer wurden durch die Auswanderer weder geistig noch körperlich demoralisiert, sondern machten große Fortschritte in Richtung Zivilisation.

Der gesamte Bericht über die Utes und Shoshoni, der in diesem Teil des Buches gegeben wird, ist so mit Irrtümern durchsetzt, dass er wertlos ist, und trägt den intrinsischen Beweis dafür, dass er von unwissenden Grenzbewohnern stammt.

uns nun dem ersten Band von Spencers *Principles of Sociology* (Seite 149) zuwenden, sagen wir:

Und so vorbereitet brauchen wir uns nicht zu wundern, wenn wir erfahren, dass die Zuni-Indianer „viel Gesichtsverzerrung und körperliche Gestikulation benötigen, um ihre Sätze vollkommen verständlich zu machen". dass die Sprache der Buschmänner so viele Zeichen braucht, um ihre Bedeutung zu entfalten, dass „sie im Dunkeln unverständlich sind"; und dass die Arapahos „im Dunkeln kaum miteinander reden können".

Wenn Menschen verschiedener Sprachen aufeinandertreffen, insbesondere wenn sie Sprachen verschiedener Herkunft sprechen, entsteht schnell ein Kommunikationsmittel zwischen ihnen, das teils aus Zeichen und teils aus mündlichen Worten besteht, wobei letztere einer oder beiden Sprachen entnommen, aber merkwürdigerweise modifiziert sind sodass man sie kaum erkennt. Solche konventionellen Sprachen werden üblicherweise „Jargons" genannt und ihre Existenz ist eher kurz.

Wenn Menschen auf diese Weise miteinander kommunizieren, wird die mündliche Sprache durch die Gebärdensprache erheblich unterstützt, und es stimmt, dass die Dunkelheit ihre Kommunikation behindert. Die große Gruppe von Grenzbewohnern in Amerika, die mehr oder weniger mit den Indianern verkehren, ist bei der Kommunikation mit ihnen auf Jargon-Methoden angewiesen; und so stellen wir fest, dass verschiedene Schriftsteller und Reisende indische Sprachen anhand der Merkmale dieser Jargonsprache beschreiben. Mr. Spencer tut das normalerweise.

Die Zuni- und Arapaho-Indianer verfügen über eine Sprache mit einer komplexen Grammatik und einem reichhaltigen Vokabular, die sich gut an den Ausdruck der Gedanken anpasst , die mit ihren Bräuchen und ihrem Kulturstatus zusammenhängen, und sie haben keine größeren Schwierigkeiten, ihre Gedanken bei Nacht mit ihrer Sprache zu vermitteln als die Engländer im Gespräch ohne Gaslicht haben. Um die Wertlosigkeit einer riesigen Menge an anthropologischem Material zu veranschaulichen, auf das selbst die besten Autoren zurückgreifen, wurde jeweils ein Beispiel von drei bedeutenden Autoren herangezogen.

Die Anthropologie braucht geschulte Anhänger mit philosophischen Methoden und scharfer Beobachtungsgabe, um jeden Stamm und jede Nation der Welt nahezu *neu zu studieren.* und aus den so gesammelten Materialien kann eine Wissenschaft begründet werden.